Piccole Donne

dal capolavoro di

Louisa May Alcott

illustrazioni di

Francesca Rossi

WHITE STAR KIDS

Si stava avvicinando il Natale. Quell'anno la festa sarebbe stata povera di regali, ma, in compenso,

particolarmente ricca di allegria e affetto!

"Natale sembrerà un giorno qualunque senza regali", brontolò Jo, mettendosi a sedere imbronciata davanti al caminetto. "Essere poveri è una vera disgrazia", aggiunse Meg, dopo aver osservato con uno sguardo critico il suo solito, vecchio vestito. "Se solo penso a quanto posseggono certe ragazze...", piagnucolò Amy. "Dai, sorelline! Non esageriamo! Noi abbiamo pur sempre la nostra mamma, il nostro papà e la nostra compagnia: non saremo mai sole!", disse Beth dal suo angolino. I visi delle quattro ragazze, a quelle parole, si illuminarono e le sorelle, confortate dal reciproco affetto, scoppiarono in una allegra risata. Poco dopo però Jo tornò a stendere un velo di tristezza su quella serenità: "Peccato che papà non sia qui con noi! E chissà quando tornerà!". Non aggiunse "forse mai", ma tutte, in cuor loro lo fecero, pensando al padre lontano, là, sul campo di battaglia. Ancora una volta fu la dolce Beth a far tornare il buonumore: "Siamo comunque certo più fortunate dei ragazzi King, che, nonostante tutti i loro soldi, sono davvero insopportabili!". "È vero Beth! Dobbiamo lavorare un bel po', ma ci divertiamo e siamo certamente un'allegra truppa!", aggiunse Jo alzandosi sull'attenti. "Una 'truppa'! Jo, usi sempre termini così volgari", osservò Amy con uno sguardo di rimprovero alla sorella maggiore. A quelle parole Jo cominciò a fischiettare. "Che cosa fai!", la riprese immediatamente la piccola Amy, "Sono cose da ragazzacci!".
"Proprio per questo lo faccio. E poi non posso soffrire le ragazze smorfiose".
"Vuoi dire come me?".
"Vuol dire che avete torto entrambe", le riprese Meg. "Amy, tu esageri con le maniere gentili e il tuo modo raffinato di parlare. Quando cerchi di essere sofisticata diventi un pochino ridicola. E tu Jo", continuò Meg, quando sentì la sorella ridere sguaiatamente a quel rimprovero, "quando inizierai a comportarti meglio?".

"Mai!", gridò Jo con un'espressione risoluta sul volto, "Non mi rassegnerò mai a preoccuparmi di sciocchezze come gli abiti o le acconciature". Le sorelle non le badarono: erano abituate ai suoi modi schietti e impetuosi. Jo assomigliava a un puledro non ancora domato, non si curava del suo aspetto né dei suoi abiti, che avevano tutti un'unica caratteristica: tasche abbastanza grandi per poter conservare il libro che stava leggendo in quel momento. Meg lasciò cadere il rimprovero con un sospiro.
Era la maggiore delle sorelle e si sentiva sempre responsabile per tutte loro, quando la mamma non era in casa, per questo a volte parlava con tono serio e severo. Beth, invece, era delicata in ogni aspetto, anche nella voce. Il padre la chiamava "la mia piccola tranquillità", e quel nomignolo le si adattava alla perfezione, perché sembrava sempre vivere beata in un mondo tutto suo, da cui usciva solo per suonare l'amatissimo pianoforte e per riportare la serenità tra le sorelle. La maggior parte delle volte era lei a far cessare gli immancabili scontri fra Jo ed Amy.
Non esistevano, infatti due persone di indole altrettanto opposta!
Amy, la sorella più piccola, era un personaggio importante, secondo la sua opinione, almeno. Al contrario di Jo, aveva folti e curatissimi capelli biondi che portava arricciati in morbidi boccoli, ma ciò che la differenziava maggiormente dalla sorella, era il suo tentativo di comportarsi sempre e ovunque come la più educata delle signorine. Quando il grosso pendolo suonò sei rintocchi, Beth prese un paio di pantofole e le avvicinò al caminetto.

Pochi istanti dopo, la porta si aprì e le quattro ragazze corsero a salutare la madre: "Bimbe mie, avete passato una buona giornata?", chiese la signora March indossando, con un sospiro di contentezza, le pantofole calde e accomodandosi nella grande poltrona.
Le sorelle la circondarono, parlando tutte contemporaneamente:
"Il mio raffreddore è migliorato!", esordì Meg.
"Ho imparato una nuova ballata al pianoforte, mamma, vuoi sentirla?", chiese Beth. "Hai notato la mia nuova pettinatura?", si informò Amy.
"Lascia stare i suoi capelli, mamma! Piuttosto: c'è tanto da fare per la rappresentazione di Natale. Oggi ho dato una sistemata al copione", disse Jo, camminando su e giù per la stanza con le mani dietro alla schiena.
La signora March la guardò con affetto: "Jo, cara, non so come tu faccia a scrivere testi tanto belli!", commentò.
Jo si fermò e accolse il complimento con un filo di imbarazzo: "Beh, grazie mamma. Devo migliorare molto, a dire il vero, anche se credo che 'La maledizione della Strega' sia uno dei miei scritti migliori!", e così dicendo attraversò barcollando la stanza, si strinse le mani sul cuore e gridò con tono melodrammatico: "Rodrigo! Salvami!". Tutte scoppiarono a ridere!
"Sono contenta di vedervi così allegre, bimbe mie. Certamente lo sarete ancora di più quando saprete che ho una sorpresa per voi".
Le ragazze si scambiarono uno sguardo, Beth battè le mani ed esclamò: "Una lettera! Mamma, ti prego, dì che è una lettera di papà!".
"Sì una lunga lettera! Papà dice che sta bene, vi pensa sempre. È molto fiero di voi e del modo in cui state affrontando questo periodo difficile. Ma venite accanto a me, leggiamo insieme quello che ha scritto". Le ragazze si avvicinarono alla poltrona.
Beth si sedette ai piedi della madre, Meg e Amy si appoggiarono ai braccioli, mentre Jo si mise accanto alla spalliera, cercando di nascondere la commozione.

Jo fu la prima a svegliarsi in quella fredda mattina di Natale e a scoprire, accanto a sé sul cuscino, un piccolo regalo lasciato dalla mamma: era un libro, ovviamente, perché la signora March sapeva bene che cosa le sue adorate figlie amassero più di ogni altra cosa e aveva cercato per ognuna un dono semplice, non particolarmente costoso, ma fatto con moltissimo amore. Quando tutte le sorelle si furono svegliate, si sedettero sui letti a chiacchierare e a mostrarsi a vicenda i regali. "Dov'è la mamma", chiese Meg quando scesero per ringraziarla dei doni.

"Ah, non so davvero", rispose Anna.
La domestica, che era al servizio della famiglia da così tanti anni da essere considerata più un'amica che una governante, spiegò loro che aveva visto la madre uscire all'alba. "Sicuramente sarà andata da qualche famiglia bisognosa. In vita mia non ho mai conosciuto una donna più generosa. Ma eccola di ritorno, chiedeteglielo voi stesse".
In quel momento, infatti, la porta si aprì, lasciando entrare una signora March alquanto infreddolita: "Ragazze, che bello vedervi già in piedi e vestite. Su, non perdiamo tempo, c'è una cosa che voglio che sappiate. A poca distanza da qui abita una donna con sette bambini. In quella casa non c'è nulla da mangiare! Così, pensavo... che cosa possiamo fare per loro?". Le quattro ragazze restarono in silenzio perplesse: non si poteva certo dire che la loro famiglia nuotasse nell'oro. Un attimo dopo, tuttavia, Beth capì e rispose: "Portiamo loro la nostra colazione!", propose. Meg, senza dire nulla, prese un cestino e vi mise dentro quello che si trovava sul tavolo, mentre le sorelle indossavano guanti e cappelli. La comitiva, poi, raggiunse la gelida casa degli sfortunati vicini e la riscaldò con buon cibo e tanta allegria.

Il resto della giornata fu dedicato ai preparativi per l'immancabile recita di Natale. Le ragazze realizzavano da sole tutto quello che occorreva per la rappresentazione, ma la vera protagonista della serata era Jo. A lei toccava, infatti, ogni anno decidere costumi e scenografie, scrivere la sceneggiatura dello spettacolo e affidare a ognuna il proprio ruolo, mentre per sé teneva sempre quello del protagonista maschile. Quella sera il pubblico era composto da una dozzina di ragazze del vicinato che aspettavano, chiacchierando rumorosamente, l'inizio della rappresentazione. Quando la tenda che serviva da sipario si aprì, fece l'ingresso in scena il barbuto Ugo, nei cui panni Jo si trovava perfettamente a proprio agio! Attraversò il salone sguainando con fare minaccioso la spada e, con voce bassa e spaventosa, recitò un lungo monologo, farcito da imprecazioni che fecero sobbalzare più volte Amy.
Lo spettacolo era molto coinvolgente, il testo appassionante e più volte le spettatrici rimasero con il fiato sospeso, tuttavia, proprio mentre stava per iniziare il duello finale tra Ugo e il suo avversario in amore, Rodrigo, la bella Zara, ovvero Meg, si sporse un po' troppo dalla finestra della torre, che era stata realizzata nel mezzo del salone

coprendo con una stoffa due sedie incolonnate una sull'altra. La torre traballò, la principessa perse l'equilibrio e con un terribile volo sotterrò entrambi gli infelici amanti sotto le rovine, mentre il pubblico scoppiava in una irrefrenabile risata e applaudiva con entusiasmo la vivace conclusione. In quel momento Anna fece capolino alla porta dicendo: "C'è una sorpresa per tutte voi: il signor Laurence ha fatto consegnare un bel rinfresco!".

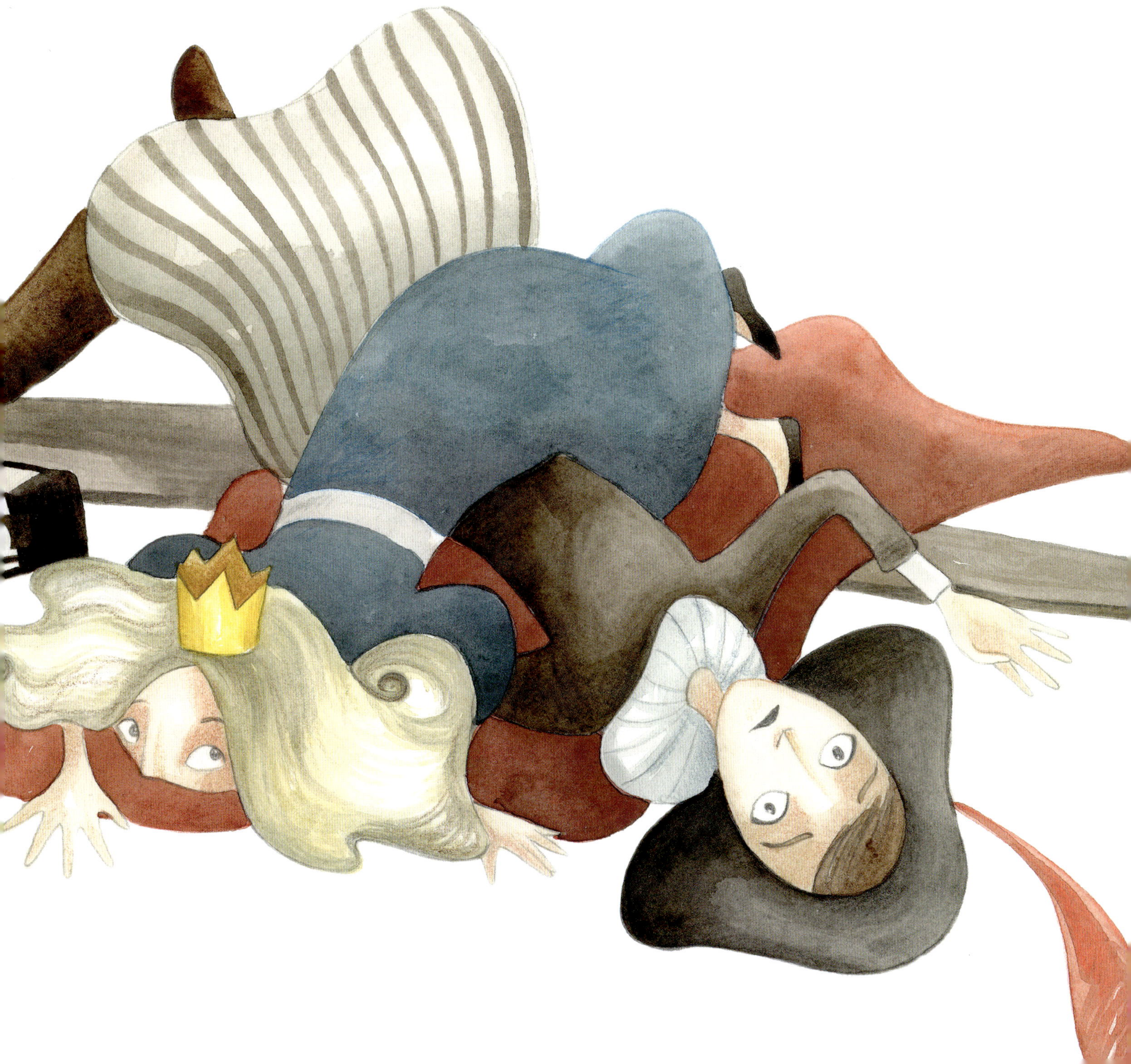

La mattina dopo non c'era modo di trovare Jo, ma Meg sapeva dove poteva essersi nascosta la sorella e senza esitare si arrampicò fin nel solaio dove la trovò appollaiata su una vecchia poltrona, intenta a piangere di commozione per la sorte del protagonista del suo nuovo libro. "Ero certa di trovarti qui: il tuo angolino segreto non lo è poi così tanto, sorellina!", la prese in giro Meg. "Dimmi un po'", continuò poi, di ottimo umore, "Sei contenta della rappresentazione di ieri sera? È stato un vero successo, non trovi? E che dire poi del banchetto che ci ha offerto il nostro vicino, il signor Laurie? Non credi che...".

"Meg, perché sei così euforica. Che cosa è successo?".

"Un ballo, Jo! Siamo state invitate a un ballo!", spiegò con

entusiasmo Meg. "Non so davvero che cosa mettermi, ma la scelta non sarà difficile: non ho che due vestiti, invece tu potrai...".
"Starmene seduta in un angolo. Magari troverò un posto per continuare a leggere. Dai, non guardarmi così, sai che detesto queste serate. Sono così sdolcinate! Inchini, giravolte... A me piacciono i balli rumorosi e allegri!".
"Però verrai con noi, senza portarti dietro quel romanzo, vero?".
Jo sapeva quanto fosse importante per Meg quell'occasione, così sospirò: "Non aver paura, non vi farò fare brutta figura, sarò buona e tranquilla. E adesso lasciami in pace e vai a rispondere a quell'invito!". Al settimo cielo, Meg le scoccò un grosso bacio su una guancia e corse via canticchiando, mentre Jo si rassegnava ad annoiarsi moltissimo. Era certa che si sarebbe sentita un pesce fuor d'acqua per tutta la serata e infatti così fu.

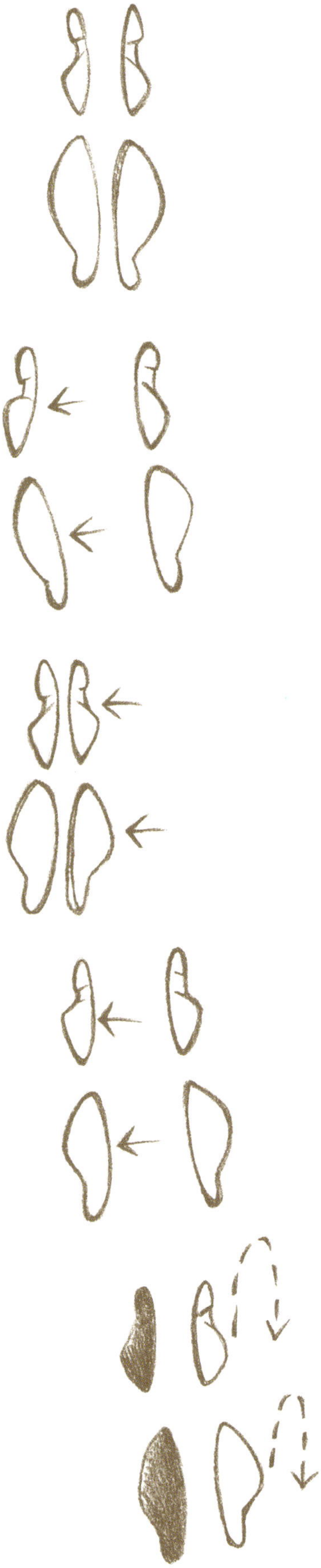

Quando arrivarono al ballo, le sorelle March si separarono: Meg ed Amy furono immediatamente invitate a danzare, mentre Beth si incantò a osservare il pianista. Jo, dal canto suo, appena vide un giovane dai capelli rossi avvicinarsi per proporle di ballare, corse a nascondersi dietro una tenda, ma sollevando il tessuto vide che un'altra persona aveva avuto la stessa idea: il giovane Laurie aveva la sua stessa espressione annoiata e impacciata.
"Mi scusi, non sapevo che la tenda fosse già occupata!", mormorò Jo, ma la buffa frase fece scoppiare a ridere Laurie e, all'improvviso, la ragazza si sentì assolutamente a suo agio e ritornò a essere quella che era sempre, allegra e chiacchierona. "Lei è il nostro vicino vero? È il nipote del vecchio signor Laurence! Oh, non sapete quanto ci ha fatto piacere il banchetto che avete organizzato per noi dopo lo spettacolo di Natale!". Anche la timidezza di Laurie sparì e ben presto i due giovani si trovarono a chiacchierare e a ridere insieme come vecchi amici. Laurie le parlò dei suoi studi e dei suoi viaggi e alla fine le domandò: "Le piace ballare?".
"Oh, non fa per me. Ballo solo quando c'è molto spazio, altrimenti riesco sempre a pestare i piedi a qualcuno".
"Beh, qui dietro c'è un salone deserto: vi va di farmi compagnia?".
La serata passò così in un attimo anche per Jo, che, il mattino seguente, si svegliò di ottimo umore, anche se l'attendeva una giornata abbastanza faticosa al fianco della zia March.

Il ballo era noioso esattamente come avevo temuto, quello che invece

non potevo immaginare è il modo bizzarro in cui ho incontrato il mio miglior amico: Laurie!

Erano infatti finite le vacanze di Natale ed era ora, per le sorelle, di tornare alle loro solite attività. Mentre Amy e Beth erano ancora troppo piccole per occuparsi di altro che non fosse la scuola, Meg e Jo avevano pregato i genitori di permettere loro di lavorare un poco, in modo da aiutare a far quadrare i conti della famiglia. Meg aveva così iniziato, l'anno precedente, a fare da balia ai terribili e viziatissimi figli della signora King. Jo, invece, era stata notata dalla zia, un'insopportabile signora anziana con cui nessuno, a parte Jo e la sua sfrontatezza, riuscivano ad avere a che fare. La zia, conquistata dalla brillante conversazione della nipote, le aveva proposto di diventare la sua dama di compagnia. Jo aveva accettato soprattutto perché l'anziana pretendeva di farsi leggere ogni giorno interi romanzi e, nonostante il caratteraccio della vecchia parente, la ragazza non poteva immaginare un lavoro più piacevole!
Verso sera, le sorelle si ritrovarono sulla porta di casa: nel pomeriggio era nevicato e Jo, con uno sguardo birichino, propose alle altre di fare una battaglia di palle di neve in giardino. Mentre Amy e Beth, con entusiasmo, si infilavano di nuovo stivali e guanti per poi precipitarsi in mezzo alla neve, l'attenzione di Jo venne attirata dalla casa dei vicini, separata dalla loro solo dal giardino e da una folta siepe.
La proprietà della famiglia Laurence era un grandioso e lussuoso edificio che, però, sembrava sempre deserto. Quel giorno, invece Jo vide una testa bruna fare capolino fra le tende.

Era Laurie che guardava con invidia le sorelle giocare nella neve. "Quel ragazzo è sempre solo con il vecchio nonno! Dovrebbe avere la compagnia di altri giovani!", esclamò Jo che poi, senza riflettere, scagliò la palla di neve che aveva in mano contro la finestra, attirando così l'attenzione di Laurie. La testa del giovane si voltò subito e un sorriso cancellò immediatamente l'espressione triste. "Salve! Che cosa sta facendo?", gli chiese Jo quando Laurie spalancò la finestra. "Nulla di che. Studio, leggo. Insomma mi annoio. E tanto", rispose il giovane, stringendosi nelle spalle.
"Non ha degli amici che vengano a trovarla?".
"Ne avevo a scuola, ma da quando mi sono trasferito qui, a casa del nonno, siamo solamente io, lui e il signor Brooks, il mio precettore".
"Ci sono io però! E noi l'altra sera, al ballo, abbiamo deciso di essere amici, vero?".
"È vero Jo!", urlò di rimando Laurie con un sorriso, "Verrete a trovarmi?".
"Chiederò immediatamente a mamma il permesso!".

Laurie stava morendo di noia! Non c'era tempo da perdere, bisognava intervenire! Con una visita, buoni dolcetti e la compagnia dei buffi gattini di Beth.

Qualche minuto dopo in casa Laurence si udì una forte scampanellata, una voce decisa domandò di Laurie e un cameriere corse nella stanza del ragazzo per annunciargli una visita: "La signorina March è qui per lei!", esclamò con tono stupito.
Jo entrò subito dopo di lui reggendo un piatto coperto in una mano e un cestino nell'altra, da cui sbucavano i musetti dei tre gattini di Beth. "Eccomi qui, con tutto il necessario!", esclamò la ragazza di ottimo umore, "Abbiamo un dolce fatto da Meg e i micetti di Beth. Non mi guardare così, Laurie, sapevo che avresti riso per questi cuccioli, ma Beth sembrava assolutamente convinta che ti avrebbero aiutato a passare il tempo e con molta serietà mi ha chiesto di lasciarteli in cura per qualche giorno!". Fu proprio merito dei gattini se il ghiaccio fu rotto con tanta semplicità: Laurie si fece, infatti, una bella risata per la strana idea di Beth e dimenticò subito la sua consueta timidezza.
Dopo la solitudine delle ultime settimane, gli sembrò che, quel pomeriggio, le ore volassero e, per ricompensare la sua nuova amica di quanto aveva fatto, la accompagnò a visitare la grande casa del nonno. Quando raggiunsero la biblioteca, Jo cominciò a battere le mani, cosa che faceva quando era molto eccitata: "Che bellezza! Sei senza dubbio il ragazzo più fortunato del mondo!".
"Non si può certo vivere di soli libri, Jo!", commentò Laurie ridendo, ma la sue espressione si fece seria quando sentì aprirsi il grande portone.
"Credo che il nonno sia tornato. Vado a vedere", disse, uscendo dalla stanza.

La sua ospite rimase invece a osservare, assorta, un ritratto dell'anziano signor Laurence appeso alla parete e, quando sentì riaprire la porta, commentò: "Non capisco perché ti preoccupi l'idea che io incontri tuo nonno. Non avrei affatto paura di lui: ha un'espressione molto severa, è vero, ma non mi sembra una cattiva persona".
"Sono lieto di sentirvelo dire, signorina", commentò una voce profonda alle sue spalle e, voltandosi velocemente, Jo si trovò faccia a faccia con il signor Laurence. La ragazza arrossì violentemente, ma il sorriso che vide spuntare sotto ai folti baffi del nonno di Laurie la calmò. "Ho sentito Laurie ridere come non accadeva da tempo", proseguì il signor Laurence, "E credo sia merito vostro: che cosa avete fatto per renderlo così felice?".
"Solo un po' di compagnia. Io credo che Laurie sia molto solo",

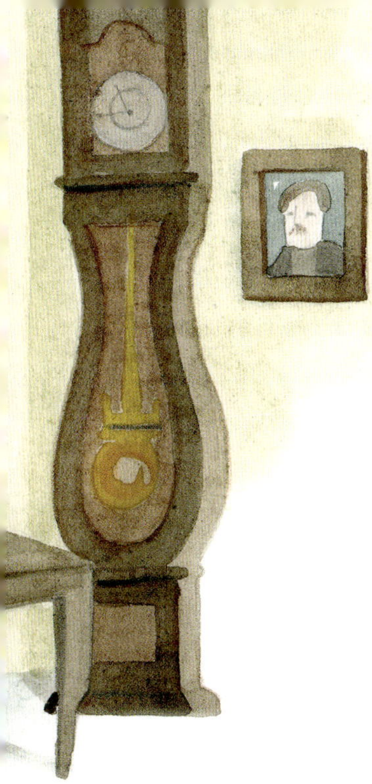

spiegò Jo, facendosi coraggio. Il signor March pensò a lungo alle sue parole, ma più tardi, vedendo che i due ragazzi chiacchieravano come vecchi amici e notando lo sguardo vivace del nipote, decise che lo avrebbe incoraggiato a frequentare più spesso le giovani vicine. L'occasione per approfondire quella conoscenza si presentò poco dopo, quando l'attenzione di Jo fu attratta da un magnifico pianoforte: "Laurie, sai suonare?".

"Poco e male. Mia madre era una musicista di grande talento. Io ero solo un bambino, ma me lo ricordo", spiegò il ragazzo, rattristandosi un po' al ricordo della mamma che non c'era più. Il signor Laurence intervenne immediatamente per interrompere quel triste momento: "E voi sapete suonare, Jo?".

"Affatto. Per imparare occorre troppa pazienza! Ma mia sorella Beth adora suonare il pianoforte".

"Allora dovrai accompagnarla qui. Anzi, chiedi a tutta la vostra famiglia di tornare a trovarci. Perché tu tornerai, vero?", chiese ansiosamente Laurie.

"Eccome! Te lo prometto!".

Con quelle parole Jo salutò nonno e nipote e si precipitò a casa a raccontare alle sorelle i dettagli di quella piacevole visita. Tutte ne furono conquistate: Meg desiderò immediatamente visitare la serra, Amy sognò di poter ammirare i quadri della biblioteca, ma fu Beth a restare sveglia tutta la notte, sognando di poter anche solo intravedere il grande pianoforte di cui le aveva parlato Jo: la bimba si chiedeva se avrebbe mai trovato il coraggio di vincere la sua timidezza e di affrontare il signor Laurence, che ai suoi occhi, nonostante il racconto della sorella, assomigliava sempre a un pericoloso vecchio leone. Ben presto, tuttavia, fu costretta ad affrontare l'anziano vicino.

Le sorelle avevano, infatti, iniziato a frequentare quasi ogni giorno la casa dei vicini e tutte si divertivano un mondo, tranne Beth, che ogni volta restava in disparte, cercando di farsi notare il meno possibile. Il signor Laurence se ne accorse e decise di aiutare la piccola. Durante una delle visite delle giovani March, spiegò loro che il pianoforte si stava rovinando poiché da troppo tempo nessuno lo suonava e chiese loro se conoscevano qualcuno capace di suonare quel delicato strumento. Beth non riuscì a trattenersi, prese il coraggio a due mani, si alzò ed esclamò: "Io! Lo suono io!".

Da quel giorno la bimba prese l'abitudine di andare il più spesso possibile a suonare il meraviglioso pianoforte. Laurie e il nonno sapevano quanto sforzo costasse a una creatura così timida e riservata bussare alla loro porta, così decisero in quelle occasioni di restare nelle loro stanze, godendosi la musica senza che Beth si sentisse in soggezione. La bimba era così felice da voler ripagare in qualche modo i suoi ospiti e un giorno disse alla mamma: "Ho avuto un'idea: voglio ricamare delle pantofole per il signor Laurence". La madre fu ben lieta di aiutarla: si affrettava sempre ad accontentare i desideri di Beth, che erano tanto rari! Quando il dono fu pronto, Jo si incaricò di consegnarlo e Beth iniziò ad attendere la risposta del signor Laurence che, tuttavia non arrivò né quel giorno né il giorno successivo. La bimba incominciò a pensare di aver offeso il suo amico quando, tornando da una passeggiata, vide alla finestra i volti sorridenti delle sorelle: "Beth! Corri! C'è una lettera del signor Laurence", urlò Amy, "e non è che l'inizio!". Beth corse in casa tremando per l'emozione, ma nemmeno nei suoi sogni avrebbe potuto immaginare il magnifico regalo che il signor Laurence le aveva fatto: il pianoforte troneggiava nel mezzo della stanza! "Bisognerà che tu vada a ringraziarlo!", scherzò Jo, certa che la piccola, timida Beth non avrebbe mai avuto il coraggio di fare una cosa simile. "Sì! Voglio andare! Anzi, vado subito!", rispose Beth con grande meraviglia di tutte le sorelle, che la seguirono con gli occhi fin dentro casa Laurence. Ciò che non riuscirono a vedere fu il commovente abbraccio che la piccola riservò all'anziano signore.

Che gioia! La piccola Beth, così dolce e così timida, stava per ricevere

un regalo incredibile: un vero pianoforte, tutto per lei, da parte del generoso signor Laurence!

La settimana non iniziò altrettanto bene per Amy. Da giorni la più piccola delle sorelle si lamentava con le maggiori di non avere a disposizione nemmeno i centesimi necessari per comprare un po' di caramelle da portare a scuola: "Voi non capite!", spiegava a Meg e a Jo che l'ascoltavano sorridendo, "Senza caramelle da offrire sono tagliata fuori dal gruppo delle signorine che contano! Come posso dire ad Anne che mi sta simpatica? E invece far capire a Jane che la detesto?". Insistette tanto che Meg finì per cedere e per comprarle un intero sacchetto di gelatine, che la bimba mostrò orgogliosamente alla classe prima di nasconderle sotto al banco. Tutte le alunne sapevano, infatti, che l'anziano maestro detestava i dolcetti e che aveva promesso una punizione esemplare per la prossima alunna che ne avesse portati in classe, ma l'antipatia tra Amy e Jane era reale e quest'ultima si precipitò a raccontare all'insegnante chi aveva nascosto i dolci.
Il signor Davis si infuriò e decise che avrebbe appioppato ad Amy una punizione esemplare: "Signorina March: venga alla cattedra.

E porti con sé le caramelle che ha nascosto sotto il banco", ordinò con severità.
Amy fu costretta ad avvicinarsi, stringendo fra le mani il pacchettino colorato. "Ora butti fuori dalla finestra queste porcherie!", disse con severità il maestro. La bambina sentì gli occhi riempirsi di lacrime, ma non voleva dare a Jane la soddisfazione di vederla piangere, così tirò su con il naso e fece quanto le era stato detto. L'insegnante però non aveva finito: "Adesso starà in piedi accanto alla lavagna fino alla fine della lezione", ordinò.
Questo era il colmo! Amy si sentì sprofondare per l'umiliazione! Appena la campanella suonò, senza salutare nessuno corse fino a casa e si sfogò con la madre che, con sguardo pensieroso commentò: "Meritavi una punizione, ma non una umiliazione così grande. Non mi piacciono i metodi del signor Davis e non mi piacciono le ragazzine che frequenti a scuola. Da oggi studierai a casa".

Tuttavia nemmeno questa decisione servì a sollevare Amy dalla rabbia e dal malumore che le erano rimasti addosso dopo la difficile giornata, così, quando Jo si rifiutò di portarla con sé a teatro, la bimba reagì gridando: "Te ne pentirai Jo March!". Il giorno dopo Jo fece una scoperta che la lasciò senza fiato e provocò in casa March una vera e propria esplosione! Meg, Beth ed Amy erano sedute al tavolo della colazione, quando Jo spalancò con rabbia la porta ed entrò nella stanza come una bomba, gridando: "Chi accidenti ha preso i miei racconti?". Meg e Beth si affrettarono a rispondere: "Io no!",

mentre Amy fece finta di nulla. Allora Jo capì: "Amy! Sei stata tu! Dove sono? Dove hai messo il quaderno dei miei racconti?".
"Non lo so, Jo, va bene?".
"Stai mentendo!", gridò Jo, agitandosi sempre di più, "Tu sai qualcosa, dimmelo! Lo rivoglio subito!".
"E invece non potrai più averlo! L'ho bruciato!".
Sentendo quelle parole, Jo divenne pallidissima: "Bruciato!", sussurrò, prima di voltarsi verso Amy con lo sguardo furente. Meg e Beth conoscevano quell'espressione e si precipitarono ad abbracciare Jo prima che potesse lanciarsi sulla sorella. Entrambe pensavano che, in effetti, questa volta Amy avesse esagerato: Jo aveva raccolto in quel libretto una mezza dozzina di novelle che aveva scritto nell'arco di anni, con grande cura, riponendo in esse il sogno segreto di diventare, un giorno, una vera scrittrice.
L'ira di Amy aveva distrutto, in un attimo, l'appassionato lavoro di anni interi. Beth pianse come avrebbe fatto per la perdita di uno dei suoi gattini e Meg si rifiutò di difendere la sorellina preferita. Perfino la signora March rimase senza parole di fronte all'accaduto, così Amy si rese conto di aver esagerato e, ingoiando il suo solito orgoglio, si avvicinò alla sorella maggiore per sussurrare: "Perdonami Jo, mi dispiace tanto".
"Non ti perdonerò mai!", fu la sola risposta di Jo che, da quel momento, decise di ignorare Amy e di comportarsi come se avesse solo tre sorelle, anziché quattro.
Nei giorni successivi la solita allegria che regnava in casa March fu sostituita da un'atmosfera gelida almeno quanto il vento che soffiava fuori.

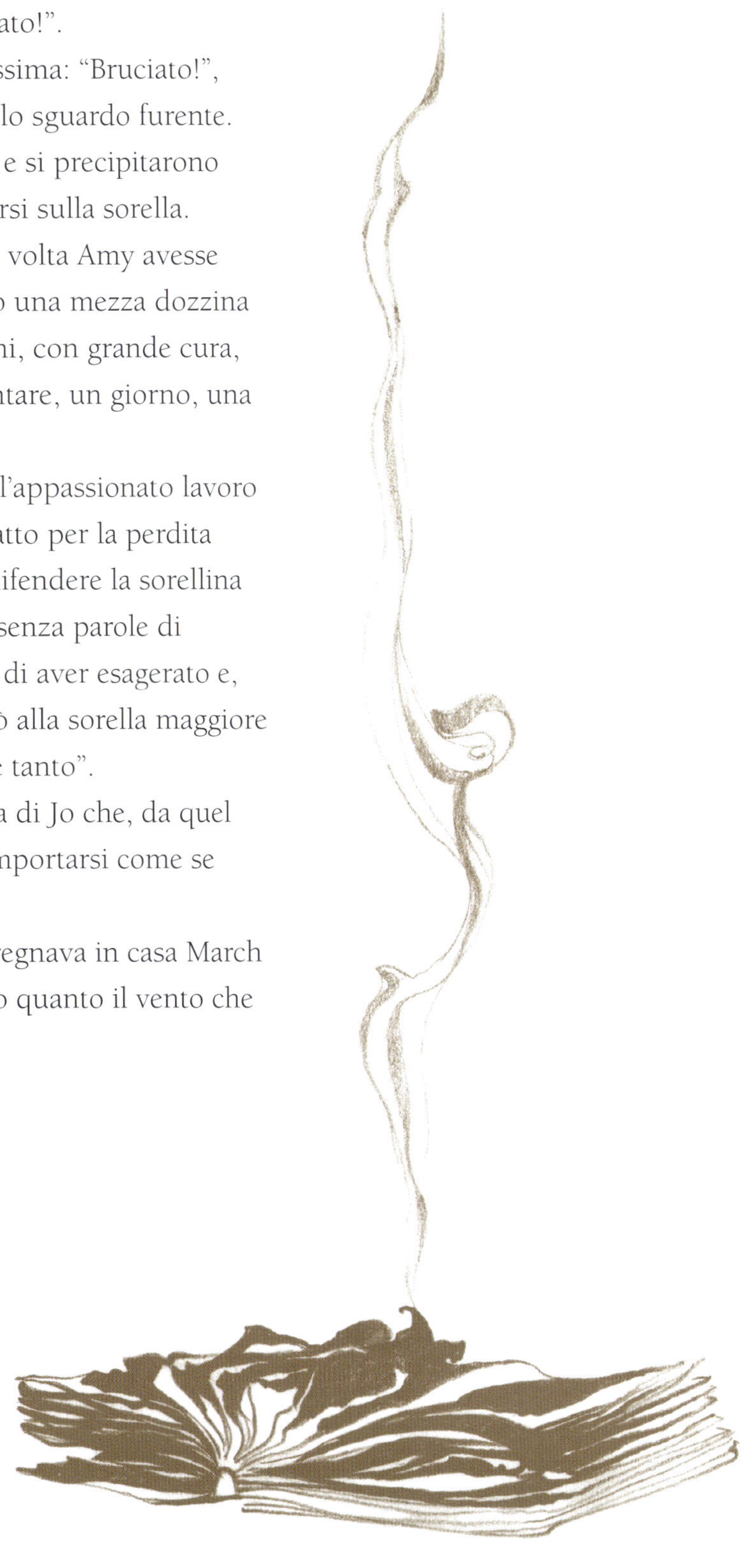

La mamma ricordò a Jo una delle regole della loro famiglia: non andare mai a dormire arrabbiati con qualcuno: “Cara, non lasciar tramontare il sole senza aver trovato il modo di fare pace”, disse. L’offesa ricevuta era però troppo grande. La notte passò quindi senza perdono e il mattino dopo Jo affermò: “Chiederò a Laurie di venire a pattinare. Lui saprà certamente calmarmi i nervi!”.
Appena fu uscita Amy borbottò: “Ecco, aveva promesso che la prossima volta che fosse andata a pattinare mi avrebbe portato con sé e invece...”.
“Non dire così, Amy. Hai fatto una cosa molto grave e Jo fa molta fatica a perdonarti”, le ricordò Meg, “Ma sai com’è fatta: se le parli quando è di buon umore potrebbe riuscire a mettere da parte la sua rabbia”. Amy decise di ascoltare la sorella maggiore e, dopo essersi vestita in tutta fretta, raggiunse Jo e Laurie al laghetto.

Quando vide Amy spuntare dietro una collinetta e accovacciarsi a legare frettolosamente i pattini, Jo le voltò le spalle, decisa a ignorarla. Non si girò nemmeno quando sentì la sorellina avanzare lentamente sul ghiaccio. Fu Laurie a seguirla preoccupato con lo sguardo e a gridare: “Amy fai attenzione! Il ghiaccio non è sicuro nel mezzo del lago!”. Amy lottava per mantenere l’equilibrio e non sentì una sola parola, ma Jo, che aveva invece udito l’avvertimento, si fermò con uno strano presentimento che le fece battere forte il cuore. Una forza sconosciuta la obbligò a voltarsi verso la sorella appena in tempo per vederla sparire nell’acqua gelida del lago, fra i frammenti del ghiaccio che si era spezzato. Jo voleva urlare e correre, ma non trovò la voce e le sue gambe sembravano essere diventate all’improvviso pesantissime.

Per fortuna un'ombra le schizzò accanto: era Laurie che si fiondava ad afferrare la mano di Amy per tirarla fuori dall'acqua nera. "Presto, portiamola a casa o congelerà!", affermò il ragazzo, avvolgendo la bambina nel suo cappotto. Jo si risvegliò: corse a prendere in braccio Amy e, con l'aiuto di Laurie, la portò fin dentro a casa, la aiutò a togliere gli abiti bagnati e a riscaldarsi davanti al caminetto, dove la piccola si addormentò.
"Ho lasciato che il sole tramontasse senza fare pace, mamma", singhiozzò Jo, accarezzando i capelli della sorellina, "Se fosse successo qualcosa ad Amy non me lo sarei mai perdonato!".
Come se avesse sentito quei sussurri, Amy aprì gli occhi e rivolse a Jo il più dolce dei sorrisi. Le due sorelle non aggiunsero una sola parola, ma si abbracciarono strette strette e tutto fu dimenticato.

"È stata una fortuna che sia venuta la rosolia ai ragazzi cui badi proprio all'inizio della primavera, guarda che bel sole!", brontolò Amy, invidiosa della settimana che aspettava la sorella maggiore.
"Vedrai, Amy, non mi divertirò così tanto come credi. È solo una visita a una conoscente, nulla di speciale". Ma mentre preparava la valigia, con l'aiuto delle sorelle, Meg si sentiva elettrizzata! Nei giorni a venire avrebbe frequentato l'alta società cui la famiglia dell'amica apparteneva e avrebbe preso parte a un ballo elegante, in previsione del quale aveva tirato fuori dal baule il suo miglior vestito, quello azzurro di lana leggera.
A Meg piaceva quel semplice abito, ma temeva che non fosse abbastanza elegante. Purtroppo i suoi dubbi furono confermati la sera del ballo. Tutte le altre fanciulle indossavano abiti di seta deliziosi, molto più raffinati del suo. "Non temere, amica mia, ho io la soluzione!", commentò Sallie, la sua ospite, "Ti presterò uno dei miei vestiti: che ne dici di questo?", le chiese mostrandole l'abito più bello che Meg avesse mai visto.
Le furono prestate anche delle splendide scarpette e arricciati i capelli, così che, quando entrò nel salone del ballo, appariva completamente trasformata.

Fu una serata magica e Meg si divertì moltissimo a danzare con i giovani presenti, almeno fino a quando rientrò a casa dell'amica, dove le furono consegnati un mazzo di meravigliosi fiori: era un pensiero di Laurie, che non dimenticava mai quanto Meg amasse le rose del suo giardino e ricordava di mandargliene un mazzo ogni settimana. "Che splendidi fiori!", disse Sallie, "Di' un po': chi te li manda?".
"Il giovane Laurie. Quel ragazzo è un vero tesoro!".
"Davvero?", commentò Sallie con un'aria birichina che Meg non comprese fino a quando la sentì sussurrare ridacchiando a un'amica: "È chiaro che la signora March ha un piano ben deciso in mente: credo che voglia combinare un bel fidanzamento tra Meg e il giovane Laurie". Quelle parole ferirono moltissimo la giovane che a un tratto si sentì completamente incompresa e fuori posto. Si guardò allo specchio e non si riconobbe, con quei capelli e quel trucco che la facevano sembrare una bambola. All'improvviso non vide l'ora di tornare a casa e quando arrivò il sabato risalì sulla carrozza sentendo che, per il momento, ne aveva avuto abbastanza di vita frivola e di alta società.
"È più bello starsene qui nella nostra casa, con i miei abiti comodi e semplici", disse Meg, guardandosi intorno con soddisfazione quella sera, dopo il suo ritorno.
"È un sollievo sentirti parlare così", rispose la signora March, "Temevo che ti sarebbe mancato tutto quel lusso!".
"No mamma", Meg si alzò da tavola, si avvicinò alla madre,

appoggiò le braccia alle sue ginocchia e sussurrò: "Però c'è qualcosa che devo dirti". La ragazza confessò, con un po' di vergogna, di aver indossato un abito non suo, perché le sembrava molto più bello, di essersi fatta acconciare i capelli e truccare in modo esagerato e di aver assaggiato troppe coppe di champagne. Infine riportò alla madre la frase che l'aveva tanto ferita su lei e Laurie.
"Mamma, tu hai 'dei piani' per me?", chiese con un filo di voce.
"Sì, mia cara. Tutte le madri ne hanno. Progetto di vederti felice, e farò di tutto per ottenere questo scopo".
Gli occhi di Meg si inumidirono nel sentire quella dolcissima risposta e ogni inquietudine fu subito dimenticata!

Abbiamo coinvolto le sorelle nel nostro esperimento da giornalisti, che si è subito trasformato in un pomeriggio di risate... Domani ricomincerò a occuparmi di tragedie!

"La zia March è partita oggi! Iniziano le vacanze estive, sorelline mie!", esclamò Jo, entrando in casa. Trovò Meg distesa sul divano, sfinita dal gran caldo, mentre Beth e Amy erano intente a preparare una caraffa di limonata fresca. "Che cosa farai durante le vacanze, Jo?", chiese Amy.
"Laurie ed io abbiamo pensato di provare a redigere un giornale. Io sarò il direttore, lui risponderà alle lettere dei lettori. Arriverà tra poco! Ci aiuterete?", rispose Jo.
"Io non voglio fare altro che riposarmi", commentò Meg.
"Ecco, questo non è giusto", brontolò Amy, "Anche io e Beth dovremo fare vacanza. Anzi, andiamo a dirlo alla mamma!".
L'idea piacque a tutte, così le sorelle comunicarono alla madre la loro decisione. "D'accordo", acconsentì sorridendo la signora March, "Potete provare a oziare come più vi pare per l'intera settimana, anche se credo che ve ne stuferete presto: vorrà dire che mi riposerò un po' anch'io".
"Evviva! Festeggiamo ragazze!", propose con entusiasmo Jo alzando un bicchiere di limonata, "La parola d'ordine per l'intera settimana sarà 'divertimento sempre e sgobbare mai!'".
Il giorno successivo trascorse completamente all'insegna di questo proposito: Jo se ne stette in poltrona a leggere finché non le bruciarono gli occhi, Meg abbellì con nastri nuovi i suoi cappellini, Beth pettinò le bambole e Amy disegnò in giardino per tutta la mattina. All'ora di pranzo le sorelle si ritrovarono accanto al tavolo, ma scoprirono che nessuno aveva apparecchiato, compito che spettava di solito a Beth, nessuno aveva comprato il pane, cosa che faceva sempre Meg e non c'erano i fiori freschi procurati da Amy e i piatti erano ancora nel lavandino dalla colazione, perché Jo non li aveva lavati. Qualcosa di molto più grave tuttavia era accaduto e le sorelle se ne resero conto solo il giorno successivo: nessuna di loro si era ricordata di dare da mangiare o da bere a Pip, il canarino che Beth trovò morto nella sua gabbietta.
"È colpa mia!", continuava a ripetere tra le lacrime la bimba.

"È colpa di tutte noi", commentò dispiaciuta Jo, "Abbiamo esagerato con l'ozio. È ora di ricominciare a lavorare. Dimostreremo alla mamma di aver imparato la lezione preparando un meraviglioso pranzetto. E poi ci occuperemo di organizzare un bel funerale per Pip".
"Sei sicura di saper organizzare un pranzo Jo?", chiese Meg dubbiosa.
"Certo! Che ci vorrà mai! Anzi, faremo le cose in grande, invitando anche Laurie!", disse allegramente Jo, uscendo per andare a fare la spesa. Tornò a casa fischiettando, soddisfatta del bottino: aveva trovato un'aragosta, un po' piccola, ma pazienza, degli asparagi un po' duretti e due scatole di fragole a metà prezzo, e pazienza se le trovava acide, era stato un affarone!
Meg nel frattempo aveva apparecchiato la tavola e acceso il forno: non restava che cucinare le portate scelte.
È impossibile raccontare gli imprevisti che quella mattina Jo dovette affrontare e gli esperimenti che provò a fare per riuscire a preparare il banchetto che voleva servire.
Temendo di perdere troppo tempo fermandosi a chiedere consigli alle sorelle, decise di fare tutto da sé e ben presto dovette ammettere che energia e buona volontà non bastavano per

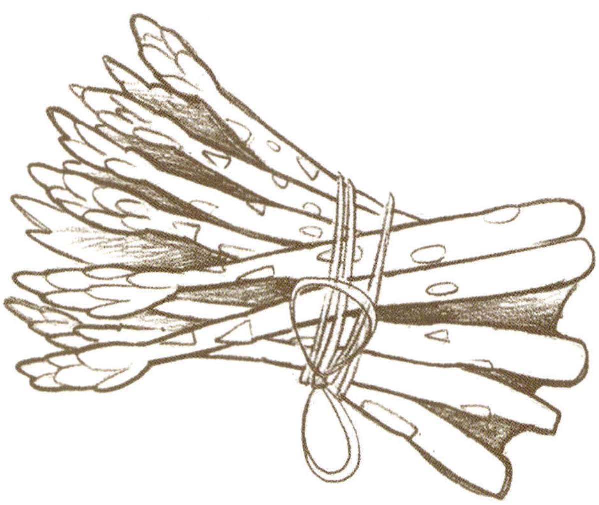

diventare una buona cuoca. Fece bollire gli asparagi per oltre un'ora, riuscendo a spappolare le punte, mentre i gambi rimasero più duri che mai. Il pane, dimenticato in forno, si bruciò, mentre l'insalata rimase scondita. Il problema più grosso lo diede però l'aragosta, da cui Jo riuscì a cavare poco più di un boccone.
In ritardo di ormai un'ora buona, stanca e irritata, finì di preparare il suo piatto forte, le fragole con la crema, e portò tutto a tavola, decisa a infischiarsene delle opinioni dei suoi ospiti. Tuttavia non poté fare a meno di sentirsi mortificata vedendo le strane espressioni che comparivano a ogni assaggio sui volti delle sorelle, e in particolar modo, di Laurie. Tutti si sforzavano di mangiare, in silenzio, i terribili piatti per non dare un dispiacere alla cuoca, che tanto aveva lavorato, ma ogni boccone era accompagnato da una nuova smorfia. Finalmente furono servite le fragole, di cui Jo era particolarmente orgogliosa, ma dopo averne inghiottito un cucchiaio Laurie non riuscì a trattenersi e lo sputò nel piatto.
"Insomma, che cosa c'è ora?", chiese Jo esasperata.
"Sale al posto dello zucchero!", rispose Meg con un gesto tragico, mentre tutti i commensali, inclusa la cuoca, scoppiavano finalmente a ridere.

Beth era da sempre l'incaricata del ritiro della posta, compito che eseguiva con gran piacere, dal momento che ogni destinatario la ringraziava con un sorriso. In una calda giornata di luglio, entrò in casa con le braccia più cariche del solito e prese a distribuire buste, pacchi e carte come un vero postino.
"Mamma, ecco il mazzo di fiori che ti manda il signor Laurence. Per Amy c'è una scatola di cioccolatini e per me lo spartito che volevo imparare a suonare. Il signor Laurence è così gentile, non trovate?", commentò Beth, la cui amicizia con l'anziano gentiluomo andava a gonfie vele.
"Alla signorina Meg va invece questo biglietto e un guanto. Uno solo, che cosa bizzarra!" esclamò la bimba.
"Come sarebbe? Ne ho lasciati due a casa di Laurie! Che me ne faccio di un guanto solo?".
"Non saprei, Meg, io sono solo la postina! Jo, ecco un pacco per te", disse Beth, porgendo alla sorella maggiore una grande busta decorata con un fiocco rosso.
"'Due libri e un cappellone per il dottor Jo': quel Laurie è un buontempone! Gli ho detto che avrei voluto un cappello capace di coprirmi tutta la faccia dai raggi del sole e mi ha regalato il vecchio cappellaccio del suo giardiniere! Ebbene, lo indosserò!", esclamò Jo con sguardo furbo, lanciando il cappello su un busto che

adornava il salone. "Sentite che cosa dice la sua lettera, invece! È un invito a partecipare a una gita, domani, insieme a lui, al signor Brooke e a certi suoi amici giunti dall'Inghilterra. Che meraviglia!", esclamò Jo con soddisfazione, "Ecco cosa scrive:

'Dottor Jo, non mi tradire! Ecco che cosa accadrà domani: alcuni amici inglesi vengono a trovarmi e voglio farli divertire.
Se il tempo continua a essere così piacevole, ho intenzione di accompagnarli a Pratolungo e organizzare per loro una giornata come si deve! Andremo in barca, giocheremo a croquet, faremo colazione e accenderemo fuochi per preparare il caffè.
Insomma, faremo tutto quanto si può immaginare per divertirci. Sono persone simpatiche (tranne Catherine, se ricordo bene, che è, invece, abbastanza altezzosa, ma pazienza!).
Ti prometto che ci divertiremo!
Ci sarà con noi anche il signor Brooke e penseremo noi a tutto, incluso il trasporto di grandi tende per ripararci dal sole, che è davvero troppo caldo in questi giorni!
Voi sorelline non dovrete preoccuparvi di nulla, soltanto di accompagnarci in questa bella giornata.
Dottor Jo, amica mia, non azzardarti a deludermi!
Vi aspetto domani mattina all'alba nel parco della casa del nonno.
A presto
Laurie

Le reazioni alla lettura del messaggio furono le più diverse che si possano immaginare. La signora March diede il suo consenso e sorrise al salto di gioia fatto da Jo, mentre Meg, arrossendo, chiedeva alla sorella se fosse certa presenza del signor Brooke. Amy fu assalita da un dubbio e, con un'espressione seria sul volto, minacciò Jo di non rivolgerle più la parola se avesse osato indossare quell'orribile cappello. Purtroppo per lei la voce che pensava autoritaria risultò invece buffa perché, come al solito, la bimba aveva stretto la punta del nasino in una molletta, per cercare di dargli una forma più aristocratica.
Beth, dal canto suo, si era nascosta dietro il divano con la sua bambola preferita in grembo: l'idea di incontrare in una volta sola tanti sconosciuti la sconvolgeva profondamente.
Jo, che conosceva bene il timido carattere della sorellina, le promise che non sarebbe stata costretta a parlare con nessuno. Fu quindi deciso che tutte le ragazze March avrebbero preso parte alla gita e all'indomani, al sorgere del sole, troppo agitate per restare ancora a letto, si presentarono a casa del signor Laurence in anticipo.
Qui conobbero i giovani venuti a trovare Laurie e Jo capì immediatamente perché l'amico non aveva gran simpatia per Catherine: quella ragazza aveva maniere tali che pareva pensasse di essere molto più importante di tutti gli altri presenti. "Poco male", pensò Jo, "la terrò alla larga e mi impegnerò a divertirmi".
La ragazza non ebbe difficoltà a portare a termine il suo proposito: gli altri giovani le piacquero immensamente e con loro si divertì a timonare le piccole barche di legno, remando con tanta foga da diventare tutta rossa in faccia, nonostante l'enorme cappello da giardiniere che la proteggeva dal sole.
Catherine la osservava un po' meravigliata, ma presto la sua diffidenza venne superata dalle buffe trovate di Jo e dalle sue battute argute, senz'altro strane per una signorina come la giovane inglese, ma pur sempre divertenti e irresistibili.
Meg intanto si trovava su un'altra barca in compagnia del signor Brooke. Erano entrambi silenziosi e quasi intimiditi

l'uno dalla presenza dell'altra e la silenziosa compagnia di Beth, rannicchiata in un cantuccio dell'imbarcazione, non li aiutava a rompere il ghiaccio. Nel frattempo Laurie si preoccupò di issare le tende che avrebbero riparato tutti dal sole cocente durante il pranzo e, quando finalmente ebbe finito, richiamò gli amici con un soddisfatto urlo: "Venite tutti qui, siate i benvenuti al Campo Laurence! Che ne dite di una partita a croquet?".
La giornata iniziò così sotto i migliori auspici e il tempo volò, fino a quando il signor Brooke interruppe la partita: "È ora di colazione", disse. Jo e gli altri ragazzi corsero volentieri sotto la tenda, ma quando la giovane raggiunse la sorella maggiore, qualcosa della sua espressione assorta non la convinse: "Tutto bene, Meg?", chiese con una punta di preoccupazione.
"Cosa? Sì, certo, tutto bene!", si affrettò a rassicurarla Meg, "Non trovi anche tu che il signor Brooke sia particolarmente gentile ed elegante, oggi?".
Questo commento lasciò perplessa Jo: aveva notato che lo sguardo della sorella si rivolgeva di tanto in tanto al signor Brooke e quando la vide arrossire, all'improvviso un'idea assurda le sfiorò la mente. Rimase a osservarla interessata, e anche un po' perplessa, per qualche minuto. Era una cosa del tutto nuova sentir parlare Meg con tanta ammirazione e Jo pensò che, all'improvviso, la sorella sembrava diventata una signorina e che, a poco a poco, stava forse entrando in un mondo in cui lei non poteva seguirla.

Jo si riscosse dai suoi pensieri quando Laurie venne a chiamarla per la colazione: "Vieni Jo, aiutami a servire il caffè! Ecco, prendi lo zucchero. Anzi no!", aggiunse il ragazzo con uno sguardo birichino, "C'è del sale se preferisci...".

"Laurie Laurence! Ragazzaccio! Come puoi ricordarmi quell'orribile, orribile pranzo!", commentò Jo ridendo.

"Beh, io mi sono divertito immensamente quel giorno! Quasi come oggi. Dai vieni, chiamiamo tutti per una partita a carte! Vai a chiedere a Meg di unirsi a noi?".

"Meglio di no, lei e il signor Brooke stanno parlando di qualcosa di molto serio: guarda che espressioni!".

Seduti l'uno accanto all'altra sotto a un albero, Meg e il signor Brooke osservavano lo stesso libro: "Provi a leggerne qualche frase, signorina March, sono certo che le piacerà!", propose il signor Brooke, mostrandole con un sorriso il romanzo che stava leggendo. Meg, seguendo il filo d'erba che il suo nuovo amico usava per sottolineare le parole, lesse, dapprima a voce bassa e timidamente, ma poi, man mano che la bellezza del brano la conquistava e la commuoveva, si dimenticò di essere in compagnia e proseguì la lettura come se fosse stata sola, con grande passione. Se avesse alzato lo sguardo in quel momento e visto l'espressione degli occhi neri che l'ammiravano, certamente si sarebbe zittita, invece arrivò fino alla fine della pagina senza interrompersi. Quando sollevò lo sguardo notò che era ormai giunto il tramonto e che la compagnia iniziava a salutarsi.

La settimana successiva i giovani inglesi tornarono a casa, portando con sé un meraviglioso ricordo delle amiche americane!

Mentre Amy e perfino la timida Beth si divertivano con noi,

Meg trascorreva la giornata seduta sotto a un albero con il suo nuovo amico: il signor Brooke.

La cosa più difficile che abbia mai fatto in vita mia: presentare al direttore del giornale il mio racconto. Non sto più nella pelle: ha deciso che lo pubblicherà!

L'autunno arrivò e trovò Jo occupatissima nella sua soffitta. Passava ore a scrivere su fogli sparsi qua e là sul pavimento. Continuò fino a quando ebbe riempito l'ultima pagina disponibile, poi fece una grande firma svolazzante e, buttando a terra la penna, esclamò: "Ecco, più di così non saprei che fare!". Mise in ordine i fogli con molta attenzione, poi legò il manoscritto con un foglio di carta da pacchi, si mise il cappello e aprì la finestra. Da lì si lasciò cadere sul davanzale, scivolò sul lato più basso del tetto e con un salto raggiunse la strada, che percorse fischiettando fino in città. Quando arrivò in centro, Jo si fermò davanti alla porta di un palazzo, sospirò e poi, con grande decisione, varcò la soglia. Dieci minuti dopo ritornava in strada con il volto rosso, il fiatone e, quasi correndo, finì per scontrarsi con un giovane che arrivava dal lato posto. "Dottor Jo!", esclamò Laurie ridendo, "Da dove vieni? Che cosa hai fatto?".
"Laurie!", esclamò la giovane per una volta affatto contenta di incontrare l'amico, "È un segreto!".
"Dimmelo! Non ci sono segreti tra noi!".
"Invece sì, non insistere, non te lo dirò mai!".
"Beh, permettimi almeno di accompagnarti fino a casa, così per strada potrò raccontarti il mio".
"Il tuo cosa?".
"Segreto! Riguarda un guanto perduto...".

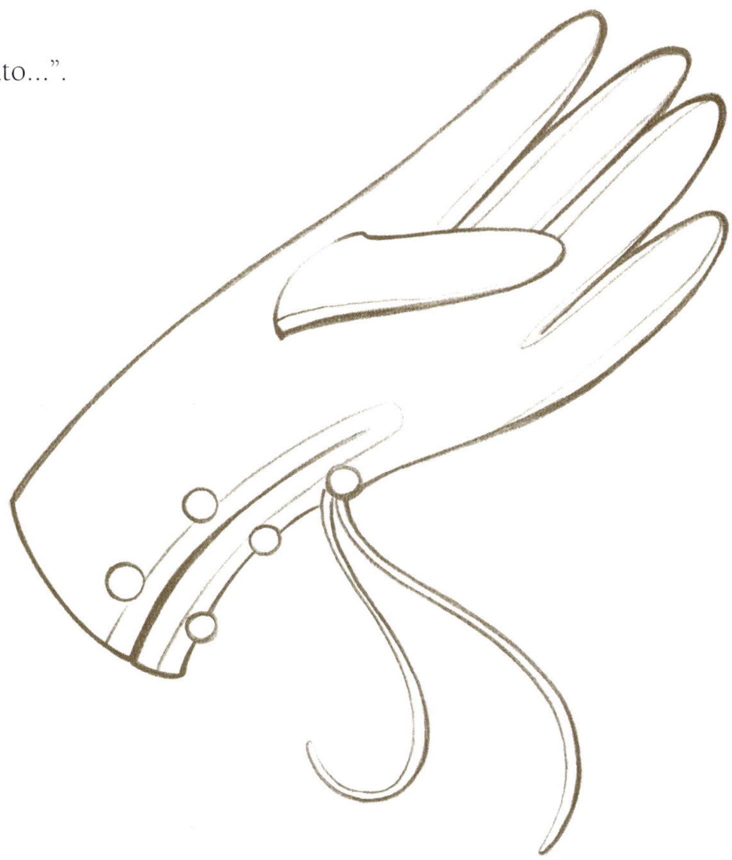

"Il guanto di Meg! Dimmi tutto, Laurie Laurence!".
"Prima tu!".
"Va bene. Ho portato un racconto al direttore del giornale, credo che lo pubblicheranno!".
"Complimenti signorina March! Lei è la nuova promessa della letteratura americana!".
"Piantala e parla! Che cosa sai del guanto di Meg?".
"A quanto pare era rimasto nella tasca del signor Brooke!".
"Cosa? Lo ha tenuto in tasca tutto questo tempo?".
"Esatto! Lo ha trovato, ma non ha mai avuto il coraggio di restituirglielo. Non lo trovi romantico Jo?".
"Lo trovo orribile!", esclamò Jo, improvvisamente di cattivo umore.
"Vedo che la notizia non ti ha fatto piacere. Ma so io come farti tornare l'allegria: facciamo una corsa fino a casa!".

Quel maschiaccio di Jo non poté resistere a una simile proposta ed entrò in casa di nuovo allegra e scarmigliata. Purtroppo l'atmosfera che accolse i due amici era tristissima! La mamma sedeva sulla poltrona, stringendo al petto un telegramma su cui era scritto:

Signora March,
Vostro marito è gravemente ammalato. Venite subito a Washington.
Firmato: Comandante Smith, S. Hale Hospital.

Alla lettura di questa terribile notizia sembrò alle ragazze che la luce del sole si oscurasse, che il mondo intero si trasformasse in un luogo orribile e i più tristi pensieri attraversarono le loro menti, mentre si stringevano intorno alla mamma. La signora March, dal canto suo, era impallidita e, per una volta, sembrava aver perso tutto l'ottimismo e la forza che le erano propri.

"Bimbe mie", sussurrò dopo aver riletto il telegramma una seconda volta, "dovrò partire immediatamente! No, non piangete, lasciatemi pensare!". Le sorelle cercarono di calmarsi, mentre la mamma si sforzava sia di organizzare il viaggio sia di assicurare il benessere delle figlie. "Ho visto Laurie, dov'è?", domandò dopo aver deciso il da farsi.

"Eccomi, signora, come posso aiutarla?", esclamò il ragazzo, ansioso di rendersi utile alla famiglia che ormai sentiva come sua.

"Manda un telegramma, caro: avvisa che partirò domattina. Chiedi poi a tuo nonno di prendersi cura per qualche giorno delle mie bimbe, se non gli è di troppo disturbo".

"Ne sarà felice! Corro ad avvisarlo! Che le occorre per il viaggio?".

"Del denaro. Jo, ti prego, vai alla banca. Non avremo molto, ma non è questo il momento di fare economie". La ragazza si asciugò gli occhi e uscì per portare a termine l'importante incarico. Dopo tre ore, tuttavia, non aveva ancora fatto ritorno. La famiglia stava iniziando a preoccuparsi, quando Jo tornò con un'espressione curiosa sul viso: un misto di contentezza e dispiacere. Sul volto dei suoi famigliari, invece, comparve il più assoluto stupore quando videro il rotolo di banconote che la giovane lasciava cadere sul tavolo.

"Jo, dove hai trovato tutti questi soldi?", chiese la mamma sbalordita.

"Li ho guadagnati mamma, vendendo qualcosa di mio di cui non avevo in realtà bisogno", così dicendo, si tolse il grosso cappello da giardiniere che portava sempre e tutti poterono vedere che cosa era accaduto: Jo aveva tagliato e venduto i suoi magnifici, lunghissimi capelli. "La tua treccia! La tua bellissima treccia!", urlò la mamma, "Oh, piccola mia, sono così orgogliosa di te!".

A quelle parole, la sicurezza di Jo si sciolse come neve al sole. Corse accanto alla madre e, senza sapere se piangere o ridere, si rifugiò nel suo caldo abbraccio.

La mattina successiva la colazione fu molto più silenziosa del solito. Le ragazze si svegliarono, si vestirono e scesero al piano inferiore senza nessuna delle risate e delle esclamazioni che di solito anticipavano il loro arrivo. Tutte e quattro erano fin troppo consapevoli del fatto che i giorni successivi sarebbero stati difficili e che di lì a poche ore avrebbero dovuto salutare la mamma. Mentre si avvicinava l'ora della partenza, la signora March osservava con un sorriso l'impegno con cui le sue bambine cercavano di distrarla e di nascondere la preoccupazione. Chiese quindi loro di avvicinarsi per salutarle: "Meg, mia cara, sei la più grande e avrai il compito di sostituirmi e di consolare le tue sorelle, se vi sentirete tristi. Il signor Laurence e Anna ti aiuteranno, non temere. Jo, sii paziente, cerca di non arrabbiarti e di non essere impulsiva. Tu avrai l'incarico di scrivermi. So quanto ti piace quindi, ti prego, fallo spesso. Beth, piccola mia, la tua musica saprà sicuramente rasserenare tutti. Amy, cerca di aiutare le tue sorelle maggiori e sii obbediente. E, per favore, non dimenticatevi dei nostri vicini, quella famiglia sfortunata di cui mi prendo cura: andate a far loro visita ogni tanto. Ma più di ogni altra cosa pregate per me e per il vostro papà, affinché guarisca presto! Io tornerò appena possibile". Dopo queste parole, la signora March uscì di casa per salire sulla carrozza che l'avrebbe portata a Washington. L'aspettava una bella sorpresa, capace di alleggerire un po' le preoccupazioni delle ragazze: la mamma non sarebbe partita da sola, perché il signor Brooke l'attendeva in strada per accompagnarla. L'ultima cosa che la signora March vide, guardandosi alle spalle mentre la carrozza si allontanava, furono quattro mani che agitavano altrettanti fazzoletti.

"Sembra che sia passato un terremoto!", commentò Jo rientrando in casa. "Non vi sembra troppo vuota e silenziosa ora questa stanza?", chiese Amy con gli occhi pieni di lacrime.
"Su, sorelline, non disperiamo. Abbiamo promesso alla mamma di essere forti", ricordò loro Meg, con un sorriso così simile a quello della madre che le ragazze subito si calmarono.
Quando, più tardi, le due sorelle maggiori uscirono per andare al lavoro, fu invece la dolce Beth a risollevare loro l'umore: essendosi ricordata che la mamma le salutava sempre dalla finestra, si appoggiò al davanzale e, quando Jo e Meg si voltarono come erano solite fare, mandò loro un gran bacio, riuscendo a farle sorridere.
Quella sera arrivò il primo telegramma inviato dal signor Brooke: lui e la mamma erano arrivati a Washington e avevano raggiunto il padre, le cui condizioni di salute erano gravi, ma non così tanto da far disperare. Nei giorni successivi il bollettino medico continuò a migliorare, così, poco a poco, le sorelle poterono finalmente iniziare a sperare che tutto si sarebbe risolto presto e smisero di preoccuparsi. Tutte tranne Beth che continuava a pensare alle raccomandazioni della mamma di occuparsi dei vicini di casa.
Una sera, con tono preoccupato, Beth chiese alle sorelle maggiori quando sarebbero andate a trovare la famiglia Hummel. E dieci giorni dopo la partenza della signora March, Beth disse ancora: "Meg, sarebbe bene che tu andassi a visitare i vicini. La mamma ci ha raccomandato di non dimenticarli!".
"Sono troppo stanca oggi, ci andrò un altro giorno".
"Jo, non puoi andare tu?".
"Guarda che tempo c'è Beth! Io sono già raffreddata!".
"Credevo fossi guarita!".
"Solo perché non esco con un tempo simile! Staranno bene, non preoccuparti!".

"Non stanno bene, Jo", rispose ansiosamente Beth, "Sono andata a trovarli nei giorni scorsi e il bambino più piccolo è malato. Sarebbe meglio se una di voi...".

"Va bene, Beth", rispose distrattamente Meg, "ci pensiamo noi". Ma passarono due ore senza che nessuna delle due si decidesse ad alzarsi, così Beth, senza una parola, indossò il mantello e uscì ad affrontare il vento gelido. Un'ora più tardi Jo la trovò accanto al caminetto, tremante nonostante la grossa coperta in cui si era avvolta. Aveva il volto pallido e serio e gli occhi pieni di lacrime.

È sempre stata delicata come un uccellino, ma da quando ha preso la scarlattina la mia piccola,
amatissima sorellina Beth sembra ancora più fragile!

"Per Cristoforo Colombo, piccola, che cos'è successo?", gridò Jo, mentre Beth cercava di allontanarla.
"Tu hai avuto la scarlattina Jo?", chiese la bimba.
"Sì, io e anche Meg, Amy non credo, ma che cosa... Aspetta! Gli Hummel? Hai preso la scarlattina?".
"Oh Jo, è successa una cosa terribile", sussurrò Beth, nascondendo la testa fra le ginocchia, "Il bambino piccolo degli Hummel l'ha avuta e non ce l'ha fatta. L'ho scoperto oggi! E il dottore mi ha detto di correre a casa e di prendere le medicine, perché avevo anch'io un po' di febbre...".
"Beth! È tutta colpa nostra! Ora ti accompagno di sopra, nel letto della mamma. Meg e io ci prenderemo cura di te!", disse Jo, piena di rimorsi.
"E Amy?", chiese la bimba.
"Andrà a stare dalla zia March per tutto il tempo necessario, così non si ammalerà! Non temere Beth, ti cureremo noi!".
Ma sebbene si sforzasse di mostrarsi tranquilla, Jo era molto preoccupata: Beth era sempre stata cagionevole di salute e la scarlattina poteva essere molto pericolosa. Anche il dottore, che venne a visitare la bambina verso sera, confermò i suoi timori: Beth era stata contagiata da una forma particolarmente grave della malattia e pertanto la sua vita era in pericolo!

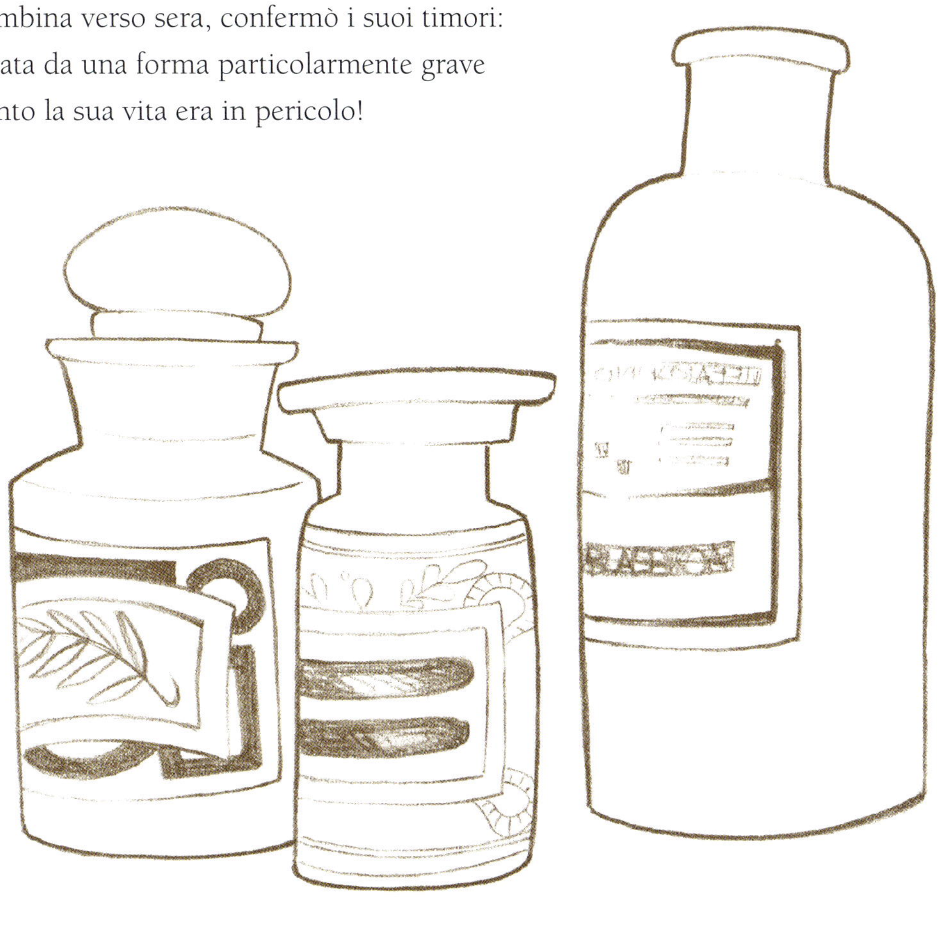

La prima cosa che le sorelle maggiori fecero fu allontanare Amy. La piccola si ribellò, disse che avrebbe preferito la scarlattina alla zia March! "È così noioso stare da lei. La zia March è così severa. E brontolona", protestò Amy quando Laurie la trovò in lacrime dietro il divano. Il giovane le promise che sarebbe andato a trovarla tutti i giorni e che l'avrebbe accompagnata perfino a teatro. "A teatro? E mi riporterai a casa appena possibile?".
"Hai la mia parola", rispose con serietà Laurie.
"Bene, allora... andrò", disse Amy lentamente.
L'accoglienza della zia March fu acida come sempre. "Che cosa volete?", chiese con asprezza, mentre il pappagallo Polly alle sue spalle commentava con voce stridula: "Io odio i ragazzini, io odio i ragazzini!". Jo raccontò le tristi novità e l'anziana donna si addolcì leggermente: "Puoi restare qui, Amy, ma non piagnucolare!", aggiunse vedendo gli occhi blu della bimba riempirsi di lacrime, "Io odio i bambini che piagnucolano".
"Odio! Odio!", confermò il pappagallo.
I giorni successivi furono per tutte le sorelle i più tristi che riuscivano a ricordare: Beth era seriamente malata, a tal punto che Anna e il dottore continuavano a temere per la sua vita. Non lo dissero mai a Jo e Meg, ma le due sorelle intuirono la verità e più volte si chiesero se scrivere alla madre facendole sapere la gravità della situazione o se evitare di darle un pensiero in più. Anna consigliò loro di aspettare, anche perché il padre, a quanto diceva la mamma, aveva avuto una brutta ricaduta ed era

nuovamente grave. Amy, dal canto suo, non poteva sopportare di restare a lungo dalla zia March. Anche se Laurie manteneva la sua promessa e passava ogni giorno a trovarla e a darle notizie di Beth, la bimba si sentiva molto sola, in quella grande casa, con la sola compagnia della zia scorbutica e di quel terribile pappagallo. Tutte le sorelle March si resero d'un tratto conto di quanto fossero state fortunate fino a quel momento!

Il primo dicembre fu una giornata davvero orribile. Mentre fuori soffiava un vento fortissimo ed era in corso una vera e propria tempesta di neve, in casa March l'atmosfera era ancora più gelida: il dottore aveva espresso a Meg e Jo tutta la sua preoccupazione per la salute di Beth, che non sembrava migliorare, anzi.

Quella sera stessa Laurie incontrò Jo all'ingresso dell'ufficio postale: "Che cosa fai qui, amica?", le chiese premuroso.

"Voglio telegrafare a mamma di venire a casa", disse Jo, nascondendo il viso nel fazzoletto mentre scoppiava a piangere.
"Povera amica mia, sei proprio sfinita! Per fortuna c'è qualcosa che posso fare per farti tornare il sorriso", rispose Laurie con gli occhi pieni di soddisfazione.
"Che cosa vuoi dire?".
"Ho telegrafato io ieri a tua madre e Brooke ha appena risposto che sarebbe partita subito: vedrai Jo, arriverà questa sera e tutto si aggiusterà! Sei contenta?". Alle parole di Laurie, Jo impallidì, poi, senza dire

una sola parola, lo abbracciò gridando: "Laurie! Oh, sono così contenta: arriva mamma! Corriamo a dare la notizia alle altre. Oh, Laurie, sei un vero angelo, come posso ringraziarti?".
"Potresti darmi un altro abbraccio", rispose lui con un sorriso furbo e soddisfatto che non gli compariva sul viso da giorni.
Appena fu entrata in casa, Jo corse da Meg, che si trovava accanto a Beth: "Viene la mamma, viene la mamma!", urlò. Le due ragazze si abbracciarono, poi si voltarono a guardare la sorellina che ancora non si svegliava. Eppure qualcosa sembrava cambiato nel suo aspetto: le guance non erano più rosse e l'espressione di sofferenza che non l'abbandonava da giorni, sembrava essere finalmente passata. Beth era ancora molto pallida, ma ora respirava senza fatica. Meg si avvicinò rapidamente al letto, esaminò il suo viso, le strinse la mano e infine sospirò: "È passata! Finalmente è fuori pericolo!". Fu con quella la meravigliosa notizia che le sorelle accolsero il ritorno della mamma, alcune ore dopo.
Appena sentirono suonare il campanello, corsero ad aprire e si gettarono nelle braccia della signora March che, senza nemmeno togliere il cappotto, andò da Beth, giungendo appena in tempo per assistere al suo risveglio.

Ogni volta che si parla del signor Brooke, io sbircio Meg e vedo comparire sul suo viso un'espressione sognante. Credo tenga a lui molto più di quanto non voglia ammettere.

La mattina dopo Jo entrò nella stanza di Beth e, trovando la mamma accanto alla sorella, ne approfittò per togliersi un pensiero che la preoccupava da tanto: "Mamma, ricordi quella faccenda del guanto perduto di Meg? Laurie mi disse che ce l'aveva il signor Brooke. Lo teneva sempre con sé nella tasca della giacca. Oh, mamma, non ti sembra una cosa orrenda?".

"Credi che Meg abbia una simpatia per lui?", rispose la madre.

"Che ne so? Ma il signor Brooke...".

"Mia cara, durante la mia assenza ho avuto modo di conoscere meglio il signor Brooke. Mi piace molto e c'è una cosa che devi sapere: ha chiesto a tuo padre il permesso di corteggiare Meg".

Quelle parole lasciarono Jo a bocca aperta: "Siamo rovinate! Basterà che quel giovanotto faccia gli occhi dolci a mia sorella e la perderemo per sempre!", esclamò contrariata.

Verso sera, tuttavia, sembrò che il signor Brooke volesse comportarsi in modo decisamente più audace: Meg ricevette una lettera da parte sua, nella quale egli le dichiarava il suo amore. La giovane, confusa e stupita, mostrò in gran segreto il biglietto a Jo: "Che cosa devo fare ora? Devo dire tutto a mamma? O rispondergli? Ma, Jo, che cosa potrei mai scrivere?".

"Assolutamente nulla, perché questa lettera non è stata scritta da chi pensi tu, ma da chi credo io", rispose Jo, furente. "Questa è la calligrafia di Laurie, la riconoscerei ovunque! Quel ragazzaccio sta cercando di farti uno scherzo, ma ha esagerato! Penserò io a lui, anzi vado subito a casa sua a dirgliene quattro!".

Il giovane Laurence ebbe a pentirsi amaramente della sua bravata appena il ciclone Jo gli piombò addosso! Quando la giovane ebbe finito di rinfacciargli la crudeltà del suo dispetto, Laurie chiese scusa con un'espressione così abbattuta e pentita che Jo non riuscì a tenergli il broncio. Egli inoltre promise che mai e poi mai avrebbe rivelato al signor Brooke il terribile scherzo e che non avrebbe mai confessato a nessuno il coinvolgimento di Meg in quella faccenda. Purtroppo per lui alcune parole di quel giuramento furono udite dal nonno, che entrava in quel momento in biblioteca. Temendo che il nipote si fosse comportato male nei confronti della famiglia March, il signor Laurence andò su tutte le furie e pretese di sapere esattamente che cosa era accaduto. Laurie, tuttavia, sfidò l'ira del nonno e con ostinazione si rifiutò di raccontare i dettagli dell'accaduto, per non infrangere la promessa appena fatta a Jo. Dopo essere stato aspramente ripreso, il giovane, furioso con se stesso per la situazione in cui si era cacciato e con il nonno per averlo trattato come un bambino di fronte all'amica, si rifugiò in camera, ben deciso a non uscirne mai più.

Toccò a Jo rimettere a posto le cose tra i due litiganti. Inseguì Laurie al piano superiore e cominciò a battere con tutta la sua forza contro la porta della camera: "Aprimi! Aprimi subito, o continuerò a far baccano!". Vedendo l'espressione ferita e furibonda di Laurie quando si fu finalmente deciso a lasciarla entrare, Jo, che lo conosceva bene, iniziò a scherzare e a prenderlo in giro, finché non riuscì a strappargli un sorriso. "Molto bene, ora che sei di nuovo te stesso, dimmi un po': che cosa posso fare per aiutare te e tuo nonno a fare pace?".

"Deve rispettare il mio segreto. E smetterla di trattarmi come un

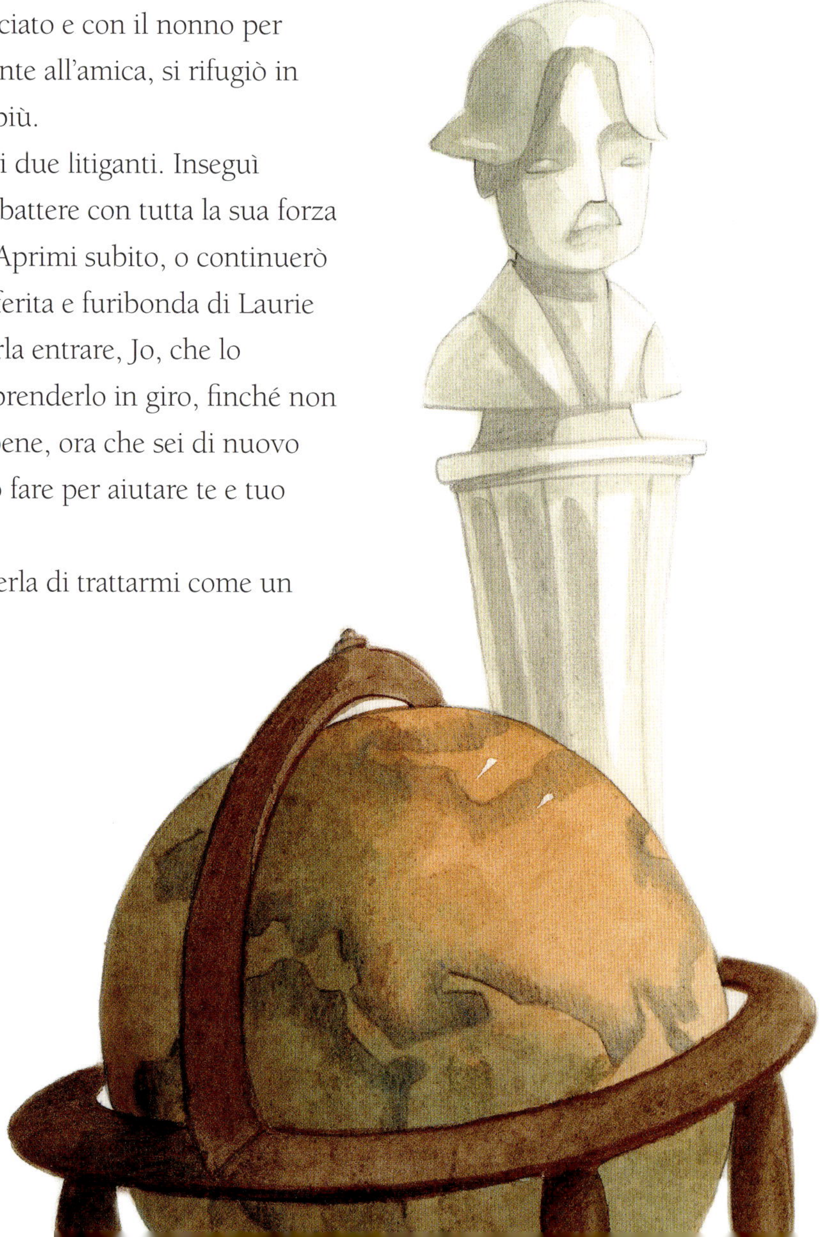

ragazzino!". Jo scese in biblioteca a spiegare al signor Laurence che il silenzio del nipote era dovuto a una promessa.
"Questo cambia tutto", rispose il burbero anziano, "Temevo che non volesse parlare per paura della mia punizione. Ma in questo caso... Puoi chiedergli di scendere? Ti prometto che faremo pace".
E così avvenne. Grazie all'intervento di Jo, nonno e nipote dimenticarono l'accaduto e ripresero ad andare d'amore e d'accordo.

Le settimane che seguirono furono felici e allegre come una mattinata di sole dopo una notte di tempesta. I malati miglioravano rapidamente: il papà, secondo quanto annunciavano i telegrammi del signor Brooke, era ormai fuori pericolo e Beth iniziò ad alzarsi dal letto per poter stare sdraiata sul divano in mezzo ai suoi amati gattini, seguita dalle amorevoli e continue attenzioni della sua famiglia. Purtroppo le sue gambe, già gracili in passato, erano diventate così deboli che Jo doveva prenderla in braccio per accompagnarla ovunque. La convalescenza, insomma, si presentava lunga e difficile, ma Beth era ugualmente di ottimo umore, sia perché il suo carattere dolcissimo non le permetteva di arrabbiarsi troppo a lungo, sia perché le coccole che le riservavano le sorelle la facevano sentire molto amata. Jo, in particolare, aveva un debole per la piccola Beth e cercava ogni giorno nuovi modi per strapparle un sorriso e farla felice.

Dal momento che Natale si avvicinava, la giovane decise che avrebbe studiato per la sorellina un regalo speciale e iniziò a proporre al resto della famiglia idee inaudite e strampalate, facendo ridere a crepapelle Meg ed Amy.

Laurie, che era stato coinvolto da Jo nei preparativi, aveva progetti ancora più grandiosi e assurdi! La coppia di amici raggiunse il colmo con la proposta di organizzare un grandioso spettacolo di fuochi d'artificio, ambiziosa idea che fu, ovviamente, bocciata dalla signora March con un sorriso. A Jo e Laurie non restò che rinchiudersi in soffitta per scovare una soluzione poco costosa e di grande effetto. Per fortuna, tra una risata e l'altra, riuscirono a ideare il regalo perfetto per la piccola Beth.

La bimba si svegliò il mattino di Natale con un sorriso stampato in faccia: si sentiva meglio del solito e la neve che scendeva fuori dalla finestra la rendeva ancora più allegra. Jo la prese in braccio e la portò al piano di sotto, avvolta nel bel regalo che le aveva fatto la mamma: una morbidissima vestaglia rossa. Tuttavia, invece di adagiarla sul divano come ogni giorno, la giovane avvicinò la bimba alla finestra, in modo che potesse ammirare il regalo che Jo e Laurie le avevano preparato in giardino.

Gli "invincibili" avevano fatto del loro meglio per essere degni del soprannome che era stato loro affibbiato e, lavorando per tutta la notte come degli spiritelli, avevano preparato una bella sorpresa. Nel giardino era comparsa una donna di neve che portava in testa una corona di alloro. In una mano reggeva un cestino colmo di fiori e di frutti, mentre sull'altra era appoggiato lo spartito di una canzone che la bimba desiderava imparare da tanto tempo. Quanto rise Beth nel vederla!

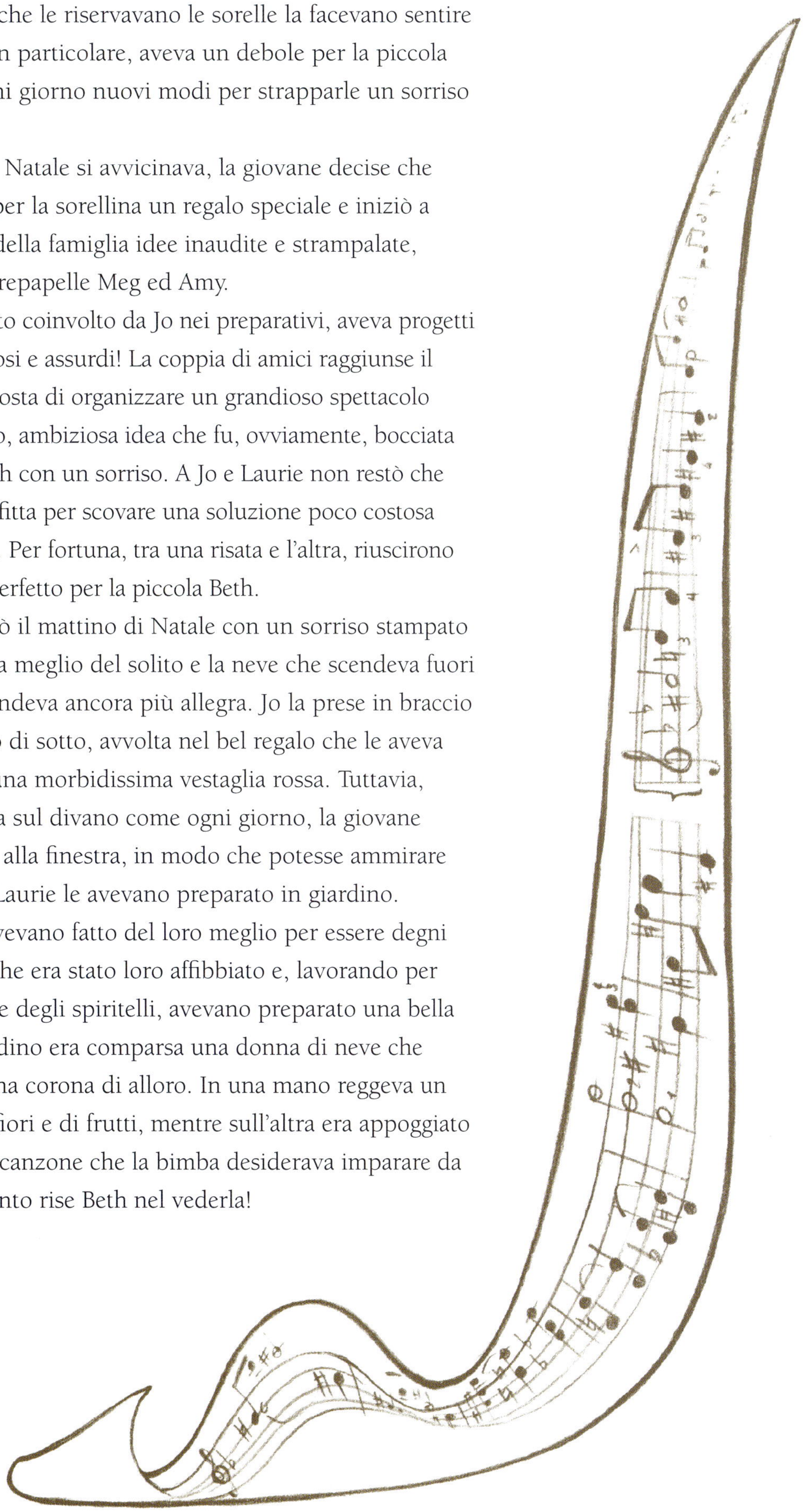

"Sono così contenta", disse, "che non potrei desiderare altro al mondo, solo il ritorno a casa del nostro papà".
Qualche volta, in questa vita che ci riserva spesso delusioni, accadono avvenimenti e coincidenze che sembrano degni di un romanzo e che portano con sé tanta gioia. È quello che accadde alla famiglia March in quella bellissima mattina di Natale.
Non era, infatti, passata più di mezz'ora dalle parole di Beth che fece capolino in salone Laurie, con un'espressione eccitata e allegra sul volto: "Ecco un nuovo regalo per la famiglia March!", annunciò. Ma ancor prima di finire la frase, il giovane sparì dietro la porta per lasciare il posto a un uomo alto, con i capelli bruni e un dolcissimo sorriso: "Papà!", gridarono all'unisono Meg, Jo, Beth ed Amy e in pochi istanti il signor March fu avvolto nel calore dell'abbraccio di tre delle sue figlie e della moglie. Fu la signora March la prima a parlare: "Fermi tutti! Ricordatevi della piccola Beth!". Ma la felicità aveva restituito un po' di forza alla bambina che era riuscita ad alzarsi da sola e che, con passetti esitanti, stava raggiungendo le braccia di suo padre.
Appena furono asciugate le lacrime di commozione e sfogate le risate di gioia, il signor March spiegò alla famiglia che era stato il signor Brooke ad avere avuto la bellissima idea di far loro una sorpresa di Natale, accompagnandolo a casa in tempo. Dopo aver chiesto all'amico di raggiungerlo in salone, il signor March parlò a lungo della bontà e della generosità del signor Brooke.
Si rivolgeva a tutta la famiglia, ma i suoi occhi non lasciarono mai il viso di Meg, che arrossì leggermente.

Il giorno dopo la colazione fu particolarmente rumorosa: le ragazze sembravano fare a gara per raccontare per prime al padre tutto quello che era accaduto durante la sua assenza. L'unica silenziosa e distratta era Meg. La giovane si riscosse solo quando Jo la stuzzicò dicendo: "Stai tranquilla, il tuo John arriverà fra poco".
"Non è 'il mio John', Jo! Non prendermi in giro. E se anche arrivasse non me ne importerebbe. Qualunque cosa avesse da dirmi io... Ecco! Gli dirò che sono troppo giovane, poi uscirò dalla stanza così, guarda!", ma mentre Meg faceva una prova della dignitosa ritirata, il suono del campanello la bloccò, la porta si aprì e la giovane si trovò faccia a faccia col signor Brooke.
"Sono venuto per... Ecco, per riprendere il mio ombrello", disse il signor Brooke, con fare impacciato, afferrando l'oggetto dimenticato la sera precedente. "Io vorrei anche parlare con te, Margaret...".

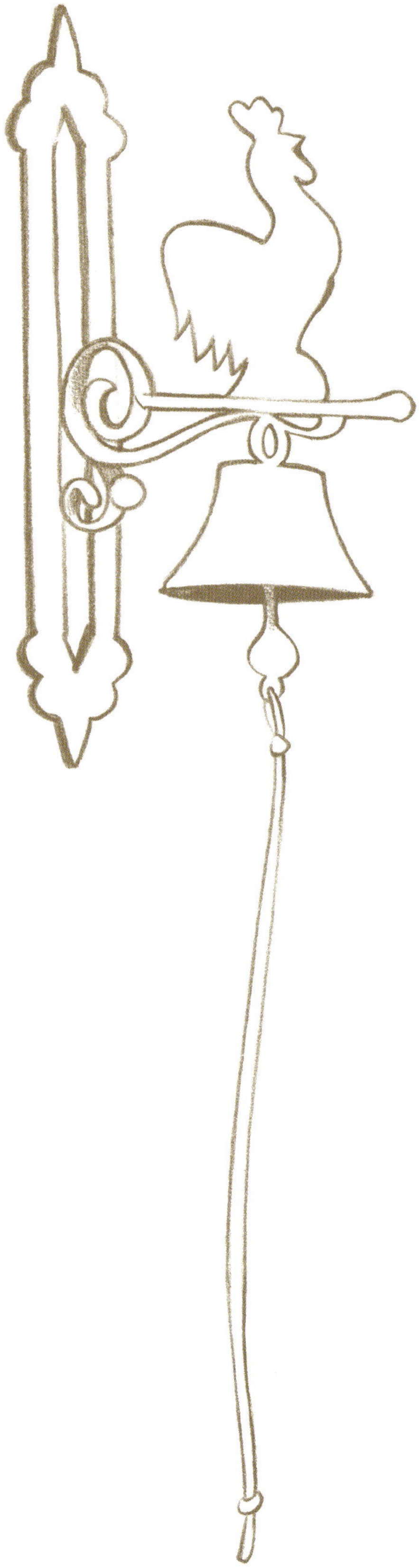

Meg arrossì sentendo pronunciare il suo nome per la prima volta da lui. "Vorrei solo sapere se mi vuoi un po' di bene, perché io te ne voglio tanto, cara", aggiunse il signor Brooke teneramente, prendendole una mano fra le sue. Era giunto il momento di fare il discorsetto che si era preparata, ma Meg l'aveva completamente dimenticato. Stava per confessare i suoi sentimenti con un sussurro quando, alzando gli occhi, vide l'espressione ironica comparsa sul volto di Jo, che faceva capolino dalla porta. Infastidita, Meg seguì l'impulso del momento e, sciogliendo la stretta di mano, disse finalmente: "Non mi tormenti più, signor Brooke. Sono troppo giovane per parlare di queste cose!". Gli occhi del giovane si riempirono di disperazione e Meg si commosse. Chissà che cosa sarebbe successo, se in quel momento non fosse entrata in casa la zia March, venuta per far visita al nipote. Mentre il signor Brooke si ritirava in salone, l'anziana signora, con uno sguardo, interpretò correttamente quanto era accaduto e non si lasciò sfuggire l'occasione di dare la sua opinione. "Non ti mettere in testa di sposare quello squattrinato, Meg! Se lo farai, sappi che non avrai da me un solo soldo!". Abbiamo tutti una certa dose di spirito di contraddizione, specialmente quando siamo giovani e innamorati. Se la zia avesse pregato la nipote di accettare Brooke, chissà come sarebbe finita, ma vietandoglielo scatenò esattamente la reazione opposta. "Sposerò chi mi pare, zia!", esclamò con risolutezza Meg, "A maggior ragione il signor Brooke, se me lo chiederà, perché è un giovane onesto e gentile. E non voglio i tuoi soldi, ce la caveremo benissimo da soli! Il mio John...".

A quel punto Meg si interruppe ricordando che 'il suo John' si trovava ancora in casa e che, da dietro la porta del salone, aveva probabilmente sentito tutto. Così era, infatti. Appena la zia March, indignata, si allontanò, Meg si trovò davanti il giovane che, tutto d'un fiato, le chiese: "È così, Meg, cara? Dunque anche tu mi ami?".

"Non sapevo nemmeno quanto finché non ti ho sentito offendere".

"Quindi accetterai la mia proposta?".

"Sì, John, caro", sussurrò Meg, con gli occhi che luccicavano di lacrime di gioia.

Anche in questa occasione la zia March non ha perso l'occasione di dare la propria opinione, ordinando alla povera Meg di dimenticare il signor Brooke!

Quando Meg fece il suo ingresso nel salone con il fidanzato, sul suo volto c'era un'espressione tanto felice che nemmeno Jo se la sentì di commentare con la sua solita ironia. Nessuno mangiò molto, durante quel pranzo, ma tutti sentivano che non era mai stato servito un pasto altrettanto perfetto! "Questo anno è stato faticoso", disse a un tratto il signor March, "ma finisce bene, dopotutto!".

"Speriamo che l'anno nuovo sia ancora migliore! Non vedo l'ora che si celebri questo matrimonio! E tu, Jo?", chiese Amy.

"Io spero che Laurie arrivi presto, così da poter parlare di qualcosa di meno sdolcinato!", rispose esasperata Jo che, tuttavia, si sbagliava: Laurie e il signor Laurence entrarono di lì a poco nella stanza, portando in dono un enorme mazzo di fiori per la "signora Brooke" e le conversazioni per i preparativi della cerimonia ripresero immediatamente! Jo scosse la testa sorridendo e poi andò a sedersi sulla poltrona. Lì la raggiunse Laurie: "Amica mia, chissà che cosa ci riserverà il nuovo anno!", chiese il giovane, "Non sei curiosa di vedere che cosa accadrà?".

Gli occhi di Jo fecero lentamente il giro della stanza. Al tavolo il padre e la madre guardavano teneramente Meg e il suo fidanzato. Amy aveva una buffa espressione mentre, con grande concentrazione, cercava di ritrarre la giovane coppia. Beth stringeva la mano al signor Laurence, che ormai considerava in tutto e per tutto il suo nonno. Accanto a sé, infine, Jo vide il volto del suo migliore amico, illuminato da uno splendido sorriso. "Non voglio sapere che cosa accadrà in futuro, Laurie. Adesso tutti sembrano così felici! Vorrei solo restare così per sempre!".

Francesca Rossi

Nata nel 1983, si è diplomata alla Scuola Internazionale di Comics di Firenze.
Pubblica libri illustrati per diversi editori italiani e realizza disegni per copertine e manifesti. Affianca all'attività di illustratrice la conduzione di laboratori didattici presso scuole e biblioteche, nonché la creazione e la decorazione di ceramiche artistiche. Per White Star Kids ha curato la collana "Fiabe Classiche" e illustrato i volumi: "C'era una volta... Storie per sognare e 20 poster removibili", "La gallina Biancaneve e i 7 gufetti", "La Bella e la Bestia. Una Storia d'amore con le orecchie", "Chi ha paura del lupo cattivo? 100 divertenti attività per bambini impavidi", "Chi ha paura delle streghe? 100 divertenti attività per bambini impavidi", i titoli "Avventure in fiaba", "Le fiabe del bosco", "Il magico mondo delle principesse" della serie Libri puzzle, "Le fiabe più belle di Charles Perrault", "Le fiabe più belle dei Fratelli Grimm", "I minimondi di Alice" e "Il giro del mondo in ottanta giorni".

Adattamento dei testi **Giada Francia**

Progetto grafico **Marinella Debernardi**

WHITE STAR KIDS

White Star Kids® è un marchio di proprietà di White Star s.r.l.

Piazzale Luigi Cadorna, 6 - 20123 Milano, Italia
www.whitestar.it

ISBN 978-88-540-3179-1
2 3 4 5 6   20 19 18 17 16

Stampato in Croazia